LOS FARMACÉUTICOS
LAS PERSONAS QUE CUIDAN NUESTRA SALUD

Robert James

Versión en español de Aída E. Marcuse

The Rourke Book Co., Inc.
Vero Beach, Florida 32964

Catalogado en la Biblioteca del Congreso bajo:

James, Robert, 1942-
   [Los farmacéuticos. Español]
   Los farmacéuticos / por Robert James; versión en español de
Aída E. Marcuse.
     p. cm. — (Las personas que cuidan nuestra salud)
   Incluye índices.
   Resumen: Describe qué hacen los farmacéuticos, dónde trabajan y cómo se entrenan y preparan para llevar a cabo su tarea.
   ISBN 1-55916-175-2
   1. Farmacia—Orientación vocacional—Literatura juvenil.
2. Farmacéuticos—Literatura juvenil.
[1. Farmacia—Orientación vocacional. 2. Farmacéuticos
3. Ocupaciones. 4. Orientación vocacional. 5. Materiales en
idioma español.]
I. Título II. Series: James, Robert, 1942- Las personas que
cuidan nuestra salud
RS92.J3518 1995
615'.1'023—dc20
                              95–23968
                                    CIP
                                    AC

Impreso en Estados Unidos de América

ÍNDICE

LOS FARMACÉUTICOS

Las personas enfermas o lesionadas a menudo necesitan medicinas, es decir, ciertas drogas, para recuperar la salud. Generalmente, el médico o el dentista deciden qué clase y cuánta cantidad de esas medicinas deberá tomar el paciente.

El farmacéutico prepara los medicamentos recetados por el médico o el dentista, de acuerdo a la **receta** que estos le envían. Los farmacéuticos son expertos que saben cómo actúan las drogas y les explican a las personas qué efectos les causará un medicamento.

¿QUÉ HACEN LOS FARMACÉUTICOS?

Además de preparar medicamentos, los farmacéuticos llevan registros de las ventas y las marcas de los mismos, les ponen etiquetas a los envases que los contienen y aconsejan a sus clientes.

Los medicamentos que vemos en los estantes de las droguerías no necesitan haber sido recetados por un médico. Se les llama de "venta libre", y pueden comprarse fácilmente, como un paquete de goma de mascar, sin autorización del médico. Pero siguen siendo drogas, y deben usarse bien.

El farmacéutico puede aconsejar a una persona qué medicamentos de "venta libre" le convienen.

Entre otras cosas, la computadora (u ordenador) les dice a los farmacéuticos quién está tomando cierto medicamento, y desde hace cuanto tiempo

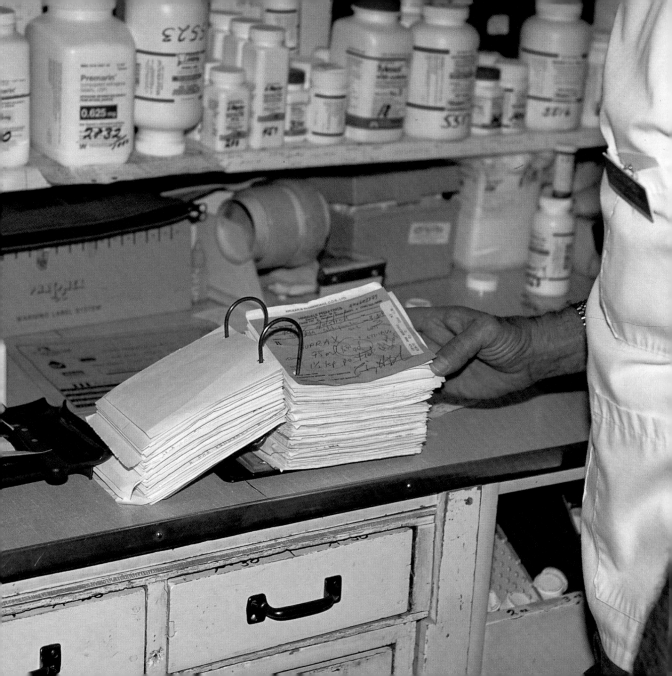

LAS RECETAS MÉDICAS

Los médicos y los dentistas les dan recetas a sus pacientes para los medicamentos que necesitan. Esos medicamentos contienen drogas poderosas, que deben ser usadas con precaución. Los farmacéuticos guardan detrás del mostrador las drogas que sólo se venden con receta, para controlar a quién las venden y cómo las usa esa persona.

La receta médica en sí, le dice al farmacéutico qué droga debe preparar, y en qué cantidades. También le dice al paciente cómo y con qué frecuencia deberá tomarla.

El farmacéutico prepara el medicamento y le pone una etiqueta al envase en que lo entrega.

Los farmacéuticos guardan las recetas en un archivo

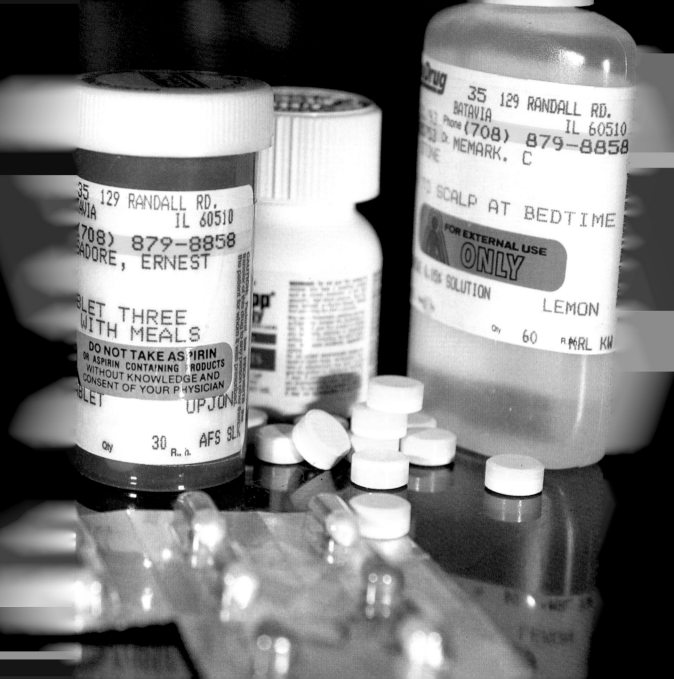

LAS ETIQUETAS DE LOS MEDICAMENTOS

La etiqueta en el envase contiene informaciones importantes. Dice qué droga es, cuánta hay y cuándo tiene que tomarla el paciente. La etiqueta también dice cuál es el mejor momento para tomar un medicamento, por ejemplo, con la comida.

Además, dice si al paciente puede dársele una segunda preparación del medicamento y qué **efectos secundarios** puede provocarle. Se llama así a los cambios indeseables que suelen ocurrir en el funcionamiento del cuerpo o la mente de una persona.

Para evitar confusiones, las etiquetas deben dejarse en los envases de los medicamentos.

Las etiquetas de los medicamentos contienen informaciones importantes. Por eso hay que dejarlas en los envases

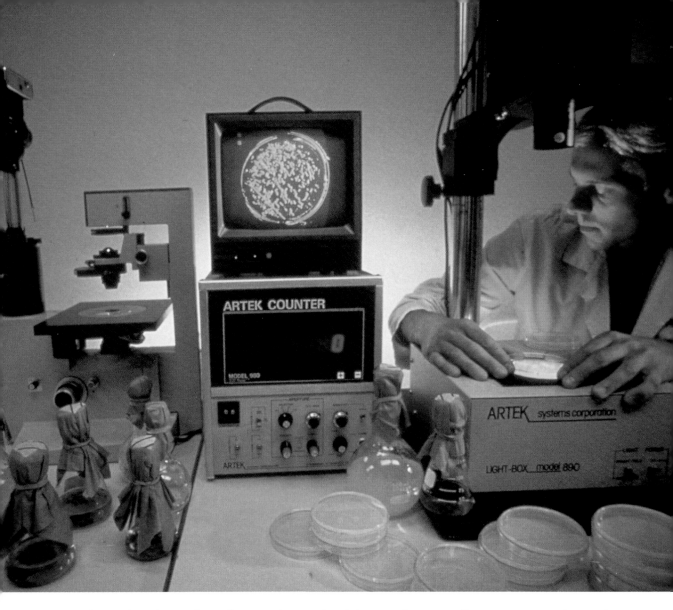

Las investigaciones llevadas a cabo en los laboratorios nos dicen que en el futuro los farmacéuticos contarán con más y mejores drogas

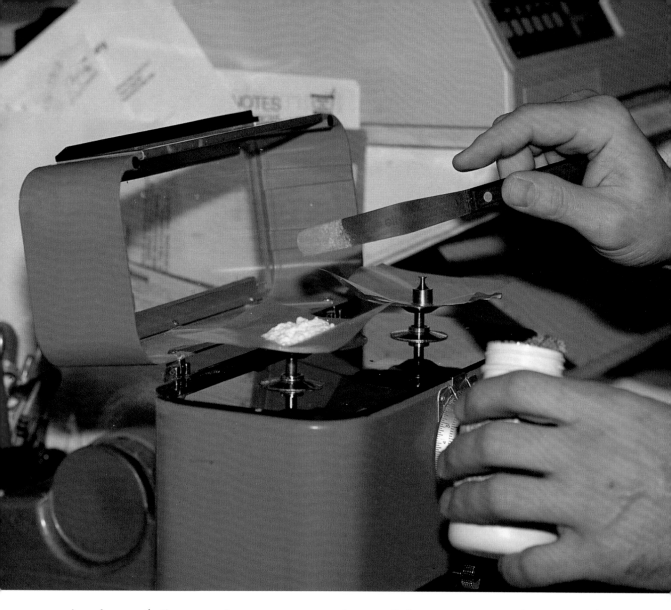

Los farmacéuticos muchas veces pesan las medicinas, como esta droga en polvo, antes de envasarlas

LOS MEDICAMENTOS

Las drogas recetadas por los médicos y los dentistas son **legales**. Son sustancias que sirven para tratar o prevenir las enfermedades. Las drogas legales salvan miles de vidas y hacen que las personas enfermas o lesionadas se sientan mejor.

Pero cualquier droga puede ser peligrosa si no se toma como es debido. Hasta una droga tan común y útil como la aspirina puede matar si es mal utilizada.

Los científicos que trabajan en los laboratorios de las compañías que fabrican medicamentos, producen las medicinas bajo controles muy estrictos

CÓMO SE PREPARAN LAS RECETAS

Los medicamentos vienen en muchas formas. Pueden ser en polvo, líquidos, cremas, ungüentos, tabletas, vapor, cápsulas o parches. El parche se aplica sobre la piel del paciente, como un vendaje. La medicina pasa al cuerpo a través de la piel.

El farmacéutico prepara la receta midiendo la cantidad exacta de la droga prescripta y poniéndola en un envase.

Antes de envasarlo, los farmacéuticos pesan o miden las drogas que lleva un medicamento

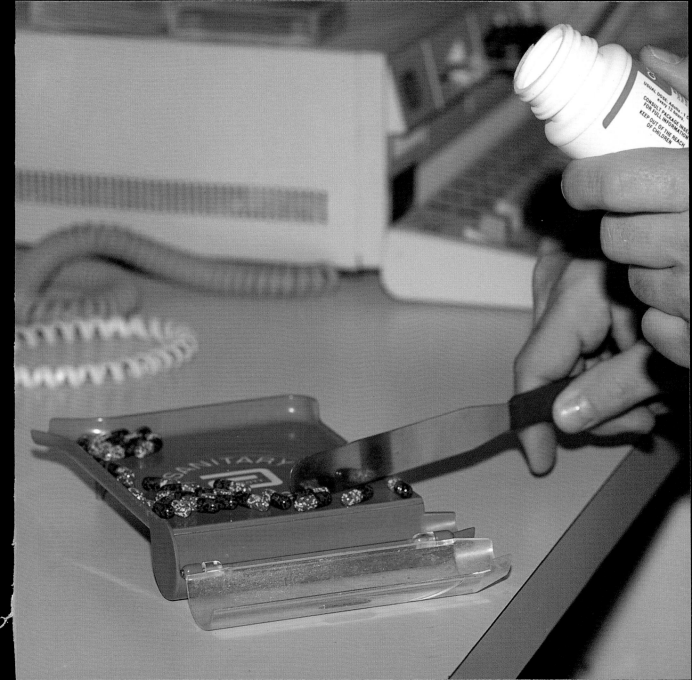

DÓNDE TRABAJAN LOS FARMACÉUTICOS

Los farmacéuticos trabajan en las **farmacias** y las droguerías. La farmacia puede ser una tienda separada o estar dentro de un edificio. Muchas de las grandes tiendas y supermercados de Estados Unidos tienen farmacias y droguerías. Los hospitales y las **clínicas** también las tienen.

Además, esos negocios venden revistas, tarjetas, cosméticos, pequeños objetos para regalos y gran variedad de productos para el cuidado de la salud.

Los estantes que hay detrás del mostrador de la farmacia están llenos de medicamentos que no se venden sin receta médica

LOS AYUDANTES DE LOS FARMACÉUTICOS

Los farmacéuticos colaboran estrechamente con los médicos y los dentistas, y también con los vendedores de las grandes compañías que fabrican medicamentos.

Los farmacéuticos no **manufacturan**, es decir, hacen, las drogas. Éstas son hechas por compañías especiales, a quienes los farmacéuticos las compran. Los vendedores de esas compañías les dicen a los farmacéuticos y los médicos qué nuevas drogas tienen disponibles.

Muchos farmacéuticos contratan ayudantes, llamados técnicos de farmacia. Pero la tarea de preparar las recetas siempre la realizan ellos, personalmente.

Las compañías de productos farmacéuticos fabrican las drogas que se venden en las farmacias

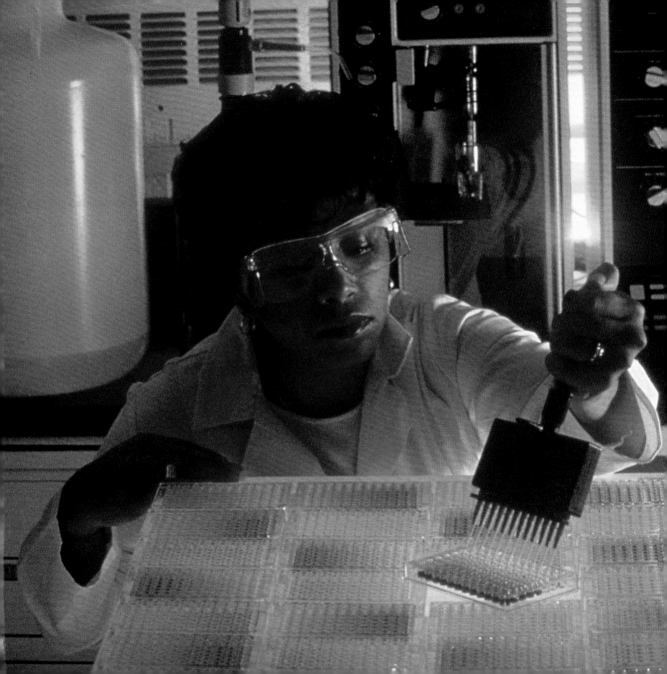

¿CÓMO SE LLEGA A SER FARMACÉUTICO?

Los farmacéuticos tienen que tener, por lo menos, cinco años de estudios universitarios para ejercer la profesión de **farmacia**. Así se llama la especialidad que consiste en preparar, y saber cómo se utilizan, las drogas que se venden bajo receta médica.

Muchos farmacéuticos estudian seis o siete años, lo que les permite colaborar estrechamente con los médicos de los hospitales, y diseñar complicados tratamientos medicinales.

Los farmacéuticos deben pasar un examen del estado para obtener el diploma que les permite ejercer su profesión.

Glosario

clínica (clí-ni-cas) — lugar en el que por lo general hay varios médicos, y donde se tratan pacientes que no necesitan recibir cuidados nocturnos

efectos secundarios (e-fec-tos se-cun-da-rios) — resultados indeseables, físicos o mentales, causados por una droga

farmacia (far-ma-cia) — estudio y arte de la preparación de drogas legales

farmacias (far-ma-cias) — otro nombre para las droguerías

legal (le-gal) — todo lo que se hace dentro de la ley, no fuera de ella

manufactura (ma-nu-fac-tu-ra) — hacer algo, especialmente, en grandes cantidades, a máquina

receta médica (re-ce-ta-mé-di-ca) — orden escrita que da el médico o el dentista para que un paciente obtenga la droga que ha de tomar

ÍNDICE ALFABÉTICO